P9-AFB-646

ALFAGUARA

ALFAGUARA INFANTIL

LOS CRETINOS
Título original: *The Twist*

Santillana Ediciones Generales, S.A. de C.V., 2003
Av. Universidad 767, Col. Del Valle
03100, México, D.F.

Alfaguara es un sello editorial del **Grupo Santillana**.
Éstas son sus sedes:

ARGENTINA, BOLIVIA, CHILE, COLOMBIA, COSTA RICA, ECUADOR, EL SALVADOR, ESPAÑA, ESTADOS UNIDOS, GUATEMALA, MÉXICO, PANAMÁ, PARAGUAY, PERÚ, PUERTO RICO, REPÚBLICA DOMINICANA, URUGUAY Y VENEZUELA.

Primera edición en Alfaguara México: noviembre de 1999
Primera edición en Santillana Ediciones Generales, S.A de C.V.: marzo de 2003
Primera reimpresión: junio de 2003
Segunda reimpresión: enero de 2008
Tercera reimpresión: abril de 2008

ISBN: 978-968-19-0559-0

Published in the United States of America
Printed in the Untited States of America by HCI

15 14 13 1 2 3 4 5 6 7 8 9

Los Cretinos

Roal Dahl
Ilustraciones de Quentin Blake

Caras peludas

¡Qué cantidad de hombres barbudos hay a nuestro alrededor hoy día!

Cuando un hombre se deja crecer el pelo por toda la cara es imposible adivinar qué aspecto tiene.

Puede que lo haga por eso. Seguramente prefiere que no lo sepas.

Además está el problema del aseo.

Cuando los muy peludos se lavan la cara, debe ser para ellos un trabajo tan grande como cuando tú y yo nos lavamos la cabeza.

Lo que me gustaría saber es esto: ¿Con qué frecuencia se lavan la cara estos barbudos? ¿Sólo una vez a la semana, el domingo por la noche, como nosotros? ¿Usan champú? ¿Usan secador de pelo? ¿Se dan fricciones con una loción tonificante del cabello para que la cara no se les quede calva? ¿Van a la barbería para recortarse y arreglarse la barba o lo hacen ellos mismos con unas tijeras mirándose al espejo del cuarto de baño?

No lo sé. Pero la próxima vez que veas un hombre con barba (lo cual sucederá probablemente tan pronto como salgas a la calle) seguramente lo mirarás más de cerca y empezarás a preguntarte acerca de estas cosas.

El señor Cretino

El señor Cretino era uno de estos hombres barbudos. Toda su cara, a excepción de la frente, los ojos y la nariz, estaba cubierta por un espeso cabello. El pelo le salía en repulsivos matojos incluso de los agujeros de la nariz y de las orejas.

El señor Cretino creía que esta pelambrera le daba un aspecto de gran sabiduría y majestuosidad. En realidad no tenía ninguna de las dos cosas. El señor Cretino era un cretino. Había nacido cretino. Y ahora, a los sesenta años, era más cretino que nunca.

El cabello de la cara del señor Cretino no crecía suave y rizado como el de la mayoría de los barbudos. Crecía en forma de espigas que brotaban tiesas como las cerdas de un cepillo de uñas.

¿Y con qué frecuencia se lavaba el señor Cretino la cara poblada de cerdas?

La respuesta es NUNCA, ni siquiera los domingos.

No se la había lavado desde hacía muchos años.

Barbas sucias

Como tú sabes, una cara normal, sin barba, como la tuya o la mía, simplemente se pone poco churretosa si no se lava bastante a menudo, y no hay nada horrible en eso.

Pero una cara con barba es algo muy diferente. Las cosas se pegan a los pelos, especialmente la comida. Las salsas, por ejemplo, se meten entre los cabellos y se quedan allí. Tú y yo podemos frotar nuestras caras lisas con un paño y rápidamente volvemos a tener un aspecto más o menos limpio, pero los barbudos no pueden hacer lo mismo.

También podemos, si tenemos cuidado, comer sin desparramarnos la comida por la cara. Pero los hombres con barba no pueden. La próxima vez que veas un hombre con barba comiendo, obsérvalo detenidamente y verás que, incluso abriendo la boca desmesuradamente, le es imposible tomar una cucharada de estofado o de helado de vainilla y chocolate sin dejar algún trocito entre los pelos de su barba.

El señor Cretino no se molestaba ni siquiera en abrir mucho la boca cuando comía. Por eso (y porque nunca se lavaba) siempre había cientos de restos de viejos desayunos, comidas y cenas pegados a los pelos y distribuidos por toda la cara. Pero, eso sí. no eran trozos grandes, ya que acostumbraba restregárselos con el dorso de la mano o con la manga mientras estaba comiendo. Si lo mirabas de cerca (cosa poco apetecible) podías ver pegadas a los pelos pequeñas motitas secas de huevos revueltos, de espinacas, de salsa de tomate, escamas de pescado, picadillo de hígados de pollo y todas

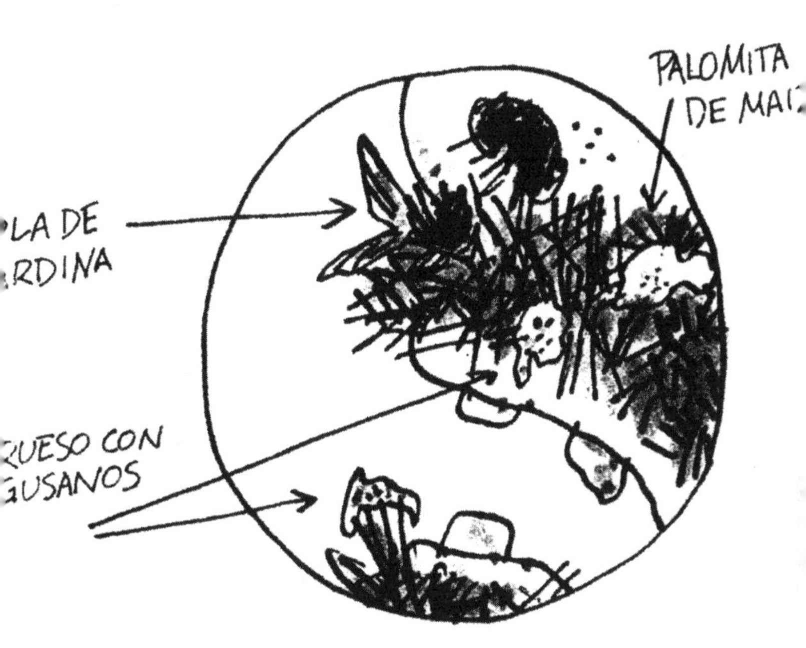

las otras cosas desagradables que al señor Cretino le gustaba comer.

Si mirabas más de cerca todavía (tápense bien las narices, señoras y caballeros), si escudriñabas entre las cerdas del bigote que le brotaba sobre el labio superior, probablemente hubieras visto cosas más grandes que habían escapado a los restregones de su mano; cosas que llevaban allí meses y meses, como, por ejemplo, un trozo de queso verde con gusanos, o una vieja y mohosa palomita de maíz o incluso la cola grasienta de una sardina de lata.

Por todo ello, el señor Cretino nunca pasaba realmente hambre. Sacando la lengua y curvándola para explorar la jungla de pelos alrededor de su boca, siempre podía encontrar un sabroso bocado que mordisquear.

Lo que estoy intentando explicarte es que el señor Cretino era un viejo cochino y maloliente.

También era un viejo extremadamente horrible, como descubrirás dentro de poco.

La señora Cretino

La señora Cretino no era mejor que su marido.

No tenía, por supuesto, una cara barbuda. Era una pena que no la tuviera porque esto, al menos, habría ocultado algo de su espantosa fealdad.

Échale un vistazo.

¿Has visto alguna vez una mujer con una cara tan fea como ésta? Lo dudo.

Pero lo curioso era que la señora Cretino no había nacido fea. La fealdad se había ido apoderando de ella año tras año a medida que envejecía.

¿Por qué había sucedido esto? Yo te diré por qué:

Si una persona tiene malas ideas, empieza a notarse en su cara. Y cuando esta persona tiene malas ideas cada día, cada semana, cada año, su cara se va poniendo cada vez más fea hasta que es tan horrible que apenas puedes soportar el mirarla.

Una persona que tiene buenos pensamientos nunca puede ser fea. Puedes tener una nariz deforme, la boca torcida, una doble barbilla y los dientes salientes, pero si tienes buenos pensamientos, resplandecerán en tu cara como rayos de sol y siempre tendrás algún atractivo.

Nada resplandecía en la cara de la señora Cretino.

En la mano derecha siempre llevaba un bastón. Acostumbraba decir a la gente que lo usaba porque le habían crecido verrugas en la planta del pie izquierdo y le dolía al andar. Pero la verdadera razón de que llevara el bastón era que con él podía golpear cosas, tales como perros, gatos y niños.

Y además estaba el ojo de cristal. La señora Cretino tenía un ojo de cristal que siempre miraba hacia otro lado.

El ojo de cristal

Se pueden hacer un montón de trucos con un ojo de cristal porque puedes sacártelo y volvértelo a poner todas las veces que quieras. Puedes apostar tu vida a que la señora Cretino se conocía todos estos trucos.

Una mañana se sacó el ojo de cristal y lo echó dentro de la jarra de cerveza del señor Cretino, cuando él no estaba mirando.

El señor Cretino estaba allí sentado bebiendo su cerveza lentamente. La espuma formaba un anillo blanco en los pelos alrededor de

su boca. Él se restregaba la espuma blanca con la manga y luego se frotaba la manga en el pantalón.

—Tú estás tramando algo —dijo la señora Cretino, manteniéndose de espaldas para que él no pudiera ver que se había sacado el ojo de cristal—. Siempre que estás callado, como ahora, sé muy bien que estás tramando algo.

La señora Cretino tenía razón. El señor Cretino estaba maquinando frenéticamente. Estaba intentando inventar una jugarreta realmente sucia que pudiera gastarle a su esposa ese día.

—Ten cuidado —dijo la señora Cretino—, porque cuando veo que empiezas a tramar algo te vigilo como un búho.

—Oh, cállate, vieja bruja! —dijo el señor Cretino. Continuó bebiendo su cerveza y su

mente diabólica siguió maquinando sobre las próximas jugarretas horribles que iba a gastarle a la vieja.

De repente, cuando el señor Cretino volcaba la última gota de cerveza en su garganta, se encontró con la mirada del horroroso ojo de cristal de la señora Cretino observándole desde el fondo de la jarra. Esto le hizo dar un brinco.

—Ya te dije que estaba observándote —cacareó la señora Cretino—. Tengo ojos por todas partes, así que ándate con cuidado.

La rana

Para vengarse por lo del ojo de cristal en la jarra, el señor Cretino decidió poner una rana en la cama de la señora Cretino.

Cazó una grande en la charca y se la llevó a casa escondida en una caja.

Esa noche, cuando la señora Cretino estaba en el cuarto de baño preparándose para acostarse, el señor Cretino deslizó la rana entre las sábanas de la cama de su mujer. Luego se metió en la suya y esperó a que empezara la juerga.

La señora Cretino volvió, se acostó en su cama y apagó la luz. Tumbada en la oscuridad se rascaba la tripa. Le picaba la tripa. Las brujas viejas y sucias como ella tienen picores en la tripa.

De repente sintió algo frío y viscoso arrastrándose sobre sus pies. Gritó.

—¿Qué te pasa? —preguntó el señor Cretino.

—¡Socorro! —vociferó la señora Cretino dando brincos—. ¡Hay algo en mi cama!

—Apostaría a que es ese Gigante Saltarín, al que acabo de ver en el suelo —dijo el señor Cretino.

—¿Qué? —aulló la señora Cretino.

—Intenté matarlo, pero se escapó —dijo el señor Cretino—. ¡Tiene dientes como destornilladores!

—¡Socorro! —gritó la señora Cretino—. ¡Sálvame! ¡Está sobre mis pies!

—Te comerá los dedos de los pies —dijo el señor Cretino.

La señora Cretino se desmayó.

El señor Cretino se levantó de la cama y fue a buscar una jarra de agua fría. Echó el agua

sobre la cabeza de la señora Cretino para reanimarla. La rana salió de debajo de las sábanas para acercarse al agua. Empezó a saltar en la almohada. A las ranas les encanta el agua. Ésta se lo estaba pasando muy bien.

Cuando la señora Cretino volvió en sí, la rana acababa de saltar encima de su cara. Esto no es una cosa agradable para que le pase a uno de noche en la cama. Volvió a gritar.

—¡Dios mío, sí que es el Gigante Saltarín! —dijo el señor Cretino—. Te comerá la nariz.

24

La señora Cretino saltó de la cama, bajó las escaleras volando y pasó la noche en el sofá. La rana se quedó a dormir en la almohada.

Los gusanos-espaguetis

Al día siguiente, para vengarse por la jugarreta de la rana, la señora Cretino se fue al jardín y desenterró algunos gusanos. Eligió unos bien largos, los puso en una lata y se llevó la lata a casa debajo del delantal.

A la una, cocinó espaguetis para comer y mezcló los gusanos con los espaguetis, pero sólo en el plato de su marido. Los gusanos no se distinguían porque todo estaba cubierto con salsa de tomate y queso rallado.

—¡Oh, mis espaguetis se mueven! —gritó el señor Cretino, hurgando en el plato con el tenedor.

—Son de una marca nueva —dijo la señora Cretino, tomando un bocado de su plato, en el que, por supuesto, no había gusanos—. Se llaman Espaguetis Rizados. Son deliciosos. Cómetelos mientras están sabrosos y calientes.

El señor Cretino empezó a comer, enrollando en su tenedor las largas tiras cubiertas de tomate y empujándolas dentro de la boca. Muy pronto había salsa de tomate por toda su peluda barbilla.

—No son tan buenos como los normales —dijo, hablando con la boca llena—. Son demasiado escurridizos.

—Yo los encuentro muy sabrosos —dijo la señora Cretino. Le observaba desde el otro extremo de la mesa. Le proporcionaba un gran placer verlo comer gusanos.

—Yo los encuentro bastante amargos —comentó el señor Cretino—. Tienen un sabor claramente amargo. Compra de los otros la próxima vez.

La señora Cretino esperó hasta que el señor Cretino se había comido todo el plato. Entonces dijo:

—¿Quieres saber por qué tus espaguetis estaban escurridizos?

El señor Cretino se limpió la salsa de tomate de la barba con la esquina del mantel.

—¿Por qué? —preguntó.

—¿Y por qué tenían un repulsivo sabor amargo?

—¿Por qué? —dijo.

—¡Porque eran gusanos! —gritó la señora Cretino dando palmadas, pateando en el suelo y bamboleándose con horribles risotadas.

El bastón raro

Para vengarse por lo de los gusanos en los espaguetis, el señor Cretino ideó una broma realmente ingeniosa y asquerosa.

Una noche, cuando la vieja estaba durmiendo, se escurrió de la cama, cogió el bastón de la señora Cretino y bajó las escaleras hasta el taller. Allí pegó un trocito redondo de madera

(no más grueso que una moneda) en la punta del bastón.

Esto hizo un poco más largo el bastón, pero la diferencia era tan pequeña que por la mañana la señora Cretino no se dio cuenta.

A la noche siguiente, el señor Cretino pegó otro trocito de madera. Cada noche se escurría escaleras abajo y añadía otro delgado disco de madera en la punta del bastón. Lo hacía tan cuidadosamente que los trocitos añadidos parecían parte del viejo bastón.

Poco a poco, pero muy poco a poco, el bastón de la señora Cretino fue alargándose y alargándose.

Ahora bien, cuando algo crece muy lentamente es casi imposible notarlo. Tú mismo, por ejemplo, en realidad estás creciendo cada día que pasa, pero no te das cuenta, ¿verdad? Esto sucede tan despacio que no lo notas ni siquiera de una semana a otra.

Lo mismo pasaba con el bastón de la señora Cretino. Sucedía tan lenta y gradualmente que no se daba cuenta de lo largo que iba siendo, ni siquiera cuando le llegaba casi por el hombro.

—Ese bastón es demasiado largo para ti —le dijo el señor Cretino un día.

—¡Pues sí! —respondió la señora Cretino, mirando su bastón—. Ya había notado yo algo raro, pero no conseguía darme cuenta de lo que era.

—Claro que hay algo raro —dijo el señor Cretino, empezando a divertirse.

—¿Qué le habrá pasado? —preguntó la señora Cretino, observando su viejo bastón—. Debe de haber crecido de repente.

—¡No digas tonterías! —dijo el señor Cretino—. ¿Cómo es posible que un bastón crezca? Está hecho de madera, ¿no? Y la madera no puede crecer.

—Entonces, ¿qué demonios ha pasado? —gritó la señora Cretino.

—No es el bastón. ¡Eres tú! —respondió el señor Cretino sonriendo horriblemente—. Eres tú la que has encogido. Lo vengo observando desde algún tiempo.

—¡Eso no es verdad! —gritó la señora Cretino.

—¡Estás encogiéndote, mujer! —vociferó el señor Cretino.

—¡No es posible!

—Oh, sí, está bien claro —dijo el señor Cretino—. ¡Estás encogiendo rápidamente! ¡Estás encogiendo tan rápido que corres peligro! Vaya, debes haberte reducido por lo menos treinta centímetros en los últimos días.

—¡Ni hablar! —chilló la señora Cretino.

—¡Por supuesto que sí! ¡Échale un vistazo a tu bastón, vieja cabra, y observa cuánto has encogido en comparación! ¡Tú sufres de encogimiento, eso es lo que te pasa! ¡Sufres del espantoso encogimiento!

La señora Cretino empezó a sentirse tan temblorosa que tuvo que sentarse.

La señora Cretino sufre de encogimiento

Tan pronto como la señora Cretino se sentó, el señor Cretino, señalándola con el dedo, gritó:

—¡Lo ves! ¡Estás sentada en tu vieja silla y has encogido tanto que tus pies no llegan ni siquiera a tocar el suelo!

La señora Cretino miró a sus pies y por Dios que el hombre tenía razón. Sus pies no tocaban el suelo.

Verás, el señor Cretino había sido tan ingenioso con la silla como con el bastón. Cada noche, cuando bajaba y pegaba un trocito de madera al bastón, hacía lo mismo con las cuatro patas de la silla de la señora Cretino.

—¡Simplemente fíjate que estás sentada en la misma vieja silla! —gritó—. ¡Has encogido tanto que tus pies están colgando en el aire!

La señora Cretino se puso blanca de miedo.

—¡Tú padeces de encogimiento! —vociferó el señor Cretino, apuntándola con el dedo como si fuera una pistola—. ¡Lo has cogido fuerte! ¡Tienes el más terrible caso de encogimiento que he visto nunca!

La señora Cretino estaba tan aterrorizada que empezó a babear. Pero el señor Cretino, recordando todavía los gusanos en los espaguetis, no sintió ninguna lástima por ella.

—¿Supongo que sabes lo que te pasa cuando enfermas de encogimiento? —dijo.

—¿Qué? —sollozó la señora Cretino—. ¿Qué pasa?

—La cabeza se ENCOGE dentro del cuello...

—Y el cuello se ENCOGE dentro del cuerpo...

—Y el cuerpo se ENCOGE dentro de las piernas...

—Y las piernas se ENCOGEN dentro de los pies. Y al final no queda nada, excepto un par de zapatos y un montón de ropas viejas.

—¡No puedo soportarlo! —gritó la señora Cretino.

—Es una terrible enfermedad —dijo el señor Cretino—. La peor del mundo.

—¿Cuánto tiempo me queda? —preguntó la señora Cretino—. ¿Cuánto tiempo antes de terminar siendo un montón de ropas viejas y un par de zapatos?

El señor Cretino puso una cara muy seria.

—Teniendo en cuenta cómo vas —dijo moviendo la cabeza tristemente—, yo diría que no más de diez u once días.

—Pero, ¿no hay nada que podamos hacer? —gritó la señora Cretino.

—Sólo hay un remedio para el encogimiento —dijo el señor Cretino.

—¡Dímelo! —gritó—. ¡Oh, dímelo inmediatamente!

—¡Tenemos que darnos prisa! —dijo el señor Cretino.

—Estoy preparada. ¡Me daré prisa! ¡Haré todo lo que me digas! —gritó la señora Cretino.

—No vivirás mucho si no lo haces —dijo el señor Cretino lanzándole otra siniestra sonrisa.

—¿Qué debo hacer? —sollozó la señora Cretino, agarrándose las mejillas.

—Tienes que dejarte estirar —dijo el señor Cretino.

La señora Cretino se somete a estiramiento

El señor Cretino condujo a la señora Cretino fuera, donde tenía todo preparado para el gran estiramiento.

Tenía cien globos y un montón de cuerdas.

Tenía una botella de gas para llenar los globos.

Había fijado al suelo un anillo de hierro.

—Ponte aquí —dijo, señalando al anillo de hierro. Entonces ató los tobillos de la señora Cretino al anillo de hierro.

Después de hacer esto, empezó a llenar los globos con el gas. Cada globo estaba atado a una larga cuerda y cuando estaba inflado con gas tiraba de la cuerda, intentando subir y subir. El señor Cretino amarró los extremos de las cuerdas a la parte superior del cuerpo de la señora Cretino. Algunas estaban amarradas alrededor del cuello, otras por debajo de los brazos, otras a sus muñecas y algunas incluso a su pelo.

Pronto hubo cincuenta globos de colores flotando en el aire por encima de la cabeza de la señora Cretino.

—¿Puedes sentir cómo te estiran? —preguntó el señor Cretino.

—¡Sí! ¡Sí! —gritó la señora Cretino—. Me están estirando muy fuerte.

El señor Cretino puso otros diez globos. La fuerza hacia arriba llegó a ser muy potente.

La señora Cretino estaba completamente indefensa ahora. Con los pies atados al suelo y los brazos estirados hacia arriba por los globos, era incapaz de moverse. Estaba prisionera, y el señor Cretino tenía la intención de irse y dejarla así durante un par de días y sus noches para darle una lección. En efecto, estaba a punto de irse cuando la señora Cretino abrió su bocaza y dijo una tontería.

—¿Estás seguro de que mis pies están bien atados al suelo? —balbució—. ¡Si estas cuerdas que amarran mis tobillos se parten, sería el fin para mí!

Y esto le dio al señor Cretino su segunda cochina idea.

La señora Cretino se eleva con los globos

—Tiran con tanta fuerza que podrían llevarme a la luna —gritó la señora Cretino.

—¡Llevarte a la luna! —exclamó el señor Cretino—. ¡Qué idea tan horrible! No nos gustaría que algo así te pasara, ¿verdad que no?

—¡Claro que no! —gritó la señora Cretino—. ¡Pon rápidamente algunas cuerdas más atándome los tobillos! ¡Quiero sentirme absolutamente segura!

—Muy bien, ángel mío —dijo el señor Cretino.

Y con una sonrisa de vampiro en los labios se arodilló a los pies de la señora Cretino. Sacó un cuchillo del bolsillo y con un tajo rápido cortó las cuerdas que mantenían los tobillos de la señora Cretino atados a la argolla de hierro.

La señora Cretino se elevó como un cohete.

—¡Socorro! —gritó—. ¡Sálvame!

Pero ya no había salvación para ella.

En pocos segundos estuvo muy arriba en el cielo azul y seguía subiendo rápidamente.

40

El señor Cretino miraba hacia arriba.

"¡Qué vista tan bonita!", se dijo a sí mismo. "¡Qué hermosos se ven todos esos globos en el cielo! ¡Y qué maravilloso golpe de suerte para mí! Por fin la vieja bruja se ha perdido y se ha ido para siempre."

La señora Cretino desciende con los globos

La señora Cretino podía ser fea y podía ser horrible, pero no estúpida.

Muy alto, allí en el cielo, tuvo una brillante idea.

"Si puedo librarme de algunos de estos globos", se dijo a sí misma, "dejaré de subir y empezaré a bajar".

Empezó a mordisquear las cuerdas que sujetaban los globos a sus muñecas, brazos, cuello y pelos. Cada vez que cortaba una cuerda y el globo se alejaba flotando, la fuerza de subida se reducía y la velocidad de ascenso se hacía más lenta.

Cuando ya había cortado veinte cuerdas paró de subir por completo. Pero todavía estaba en el aire.

Mordió una cuerda más.

Muy, muy lentamente, empezó a descender.

Era un día tranquilo. No había nada de viento. Por esta razón, la señora Cretino había subido completamente en vertical. Ahora empezaba a descender completamente en vertical.

A medida que descendía suavemente, la falda de la señora Cretino se abría como un paracaídas, enseñando sus pololos.

Era una vista espléndida en un día glorioso, y miles de pájaros vinieron volando desde muchos kilómetros a la redonda para mirar asombrados a esta vieja extraodinaria en el cielo.

El señor Cretino se lleva un susto espantoso

El señor Cretino, que pensaba que había visto a su repugnante esposa por última vez, estaba sentado en el jardín celebrándolo con una jarra de cerveza.

Silenciosamente, la señora Cretino descendía flotando. Cuando estaba aproximada-

mente a la altura de la casa, por encima del señor Cretino, de repente gritó con todas sus fuerzas:

—¡Allá voy, viejo gruñón! ¡Viejo cebollino podrido! ¡Asquerosa antigualla mugrienta!

El señor Cretino brincó como si le hubiera aguijoneado una avispa gigante. Volcó la cerveza. Miró hacia arriba. Abrió la boca. Boqueó. Gorgoteó. Unos pocos sonidos entrecortados salieron de su boca.

—¡Ughhhhhh! —dijo—. ¡Arghhhhh! ¡Ouchhhhhhh!

—¡Me las pagarás por esto! —gritó la señora Cretino.

Estaba descendiendo justamente encima de él. Estaba roja de rabia y azotaba el aire con su largo bastón, que, de algún modo, se las había arreglado para conservar todo el tiempo.

—¡Te sacudiré hasta hacerte papilla! —gritó—. ¡Te golpearé hasta hacerte cachitos! ¡Te trituraré hasta hacerte picadillo! ¡Te machacaré hasta hacerte una pulpa!

Y antes de que el señor Cretino tuviese tiempo de escapar, este montón de globos, faldas y furia encendida aterrizó justo encima de él, fustigando con el bastón y golpeándolo en todo el cuerpo.

La casa, el árbol y la jaula de los monos

Pero ya es suficiente. No podemos continuar siempre observando a estos dos desagradables personajes haciéndose cosas desagradables el uno al otro. Debemos proseguir con la historia.

47

Aquí hay un dibujo de la casa del señor y la señora Cretino y del jardín. ¡Menuda casa! Parece una cárcel. Y no hay ventanas por ningún sitio.

—¿Quién quiere ventanas? —dijo el señor Cretino cuando estaban construyéndola—. ¿Quién

quiere que cualquier Fulano, Zutano o Mengano pueda mirar dentro para ver qué estás haciendo?

No se le ocurrió al señor Cretino que las ventanas se usan principalmente para mirar hacia afuera y no para mirar hacia dentro.

¿Y qué piensas de este espantoso jardín? La señora Cretino era la jardinera. Era muy buena haciendo crecer cardos y ortigas picantes.

—Yo siempre cultivo abundantes cardos puntiagudos y ortigas picantes —solía decir—. Ellos mantienen alejados a los cochinos niños fisgones.

Cerca de la casa puedes ver el taller del señor Cretino.

A un lado se encuentra el Gran Árbol Muerto. Nunca tiene hojas porque está muerto.

No lejos del árbol puedes ver la jaula de los monos. Dentro hay cuatro monos. Pertenecen al señor Cretino. Oirás hablar sobre ellos más adelante.

La cola pegajosa Pegamín

Una vez a la semana, los miércoles, los Cretino tenían pastel de pájaro para cenar. El señor Cretino cogía los pájaros y la señora Cretino los cocinaba.

El señor Cretino era hábil cazando pájaros. El día anterior al del pastel de pájaro, ponía la escalera contra el Gran Árbol Muerto y subía a las ramas con un bote de cola y una brocha. La cola que usaba era algo llamado Pegamín, y

era más pegajosa que ninguna otra en el mundo. La extendía con la brocha sobre todas las ramas y luego se marchaba.

Cuando el sol se ocultaba, los pájaros venían volando a posarse para pasar la noche en el Gran Árbol Muerto. Ellos no sabían, pobrecillos, que las ramas estaban todas embadurnadas con el horrible Pegamín. En el momento en que se posaban en una rama, sus patas se quedaban pegadas. Y ya estaba.

A la mañana siguiente, en el día del pastel de pájaro, el señor Cretino trepaba otra vez por la escalera y atrapaba a todos los infelices pájaros que estaban pegados al árbol. No importaba de qué especie fueran —tordos, mirlos, gorriones, cuervos, jilgueros, petirrojos, cualquiera—, todos iban a parar al puchero para el pastel de pájaro de la cena del miércoles.

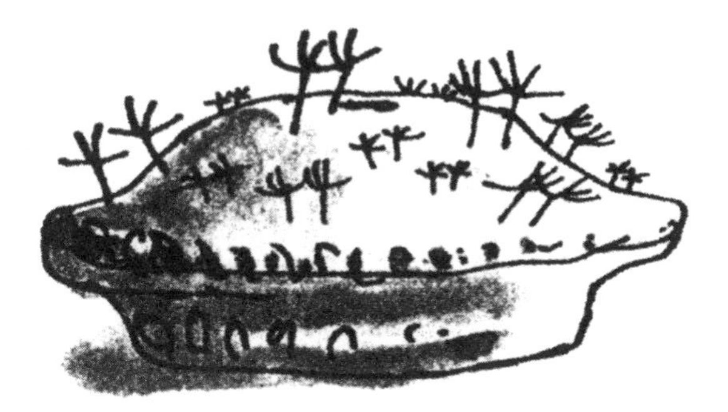

Cuatro niños encolados

Un martes por la tarde, después de que el señor Cretino hubiera subido a la escalera y embadurnado el árbol con Pegamín, cuatro niños se metieron en el jardín para ver a los monos. No les importaron los cardos ni las ortigas, ya que había monos que ver. Después de un rato, se cansaron de mirar a los monos, así que exploraron más allá por el jardín y encontraron la escalera apoyada contra el Gran Árbol Muerto. Decidieron subir sólo por divertirse.

Esto no tiene nada de malo.

A la mañana siguiente, cuando el señor Cretino volvió para recoger los pájaros, se encontró cuatro desdichados niños sentados en el árbol, totalmente pegados a las ramas por el trasero de sus pantalones. No había pájaros porque la presencia de los chicos los había espantado.

El señor Cretino estaba furioso.

—¡Ya que no hay pájaros para mi pastel de esta noche —gritaba—, tendré que usar niños en su lugar!

Empezó a trepar por la escalera.

—¡El pastel de niño puede ser mejor que el pastel de pájaro! —continuó, sonriendo horriblemente—. ¡Más carne y menos huesecillos!

Los chicos estaban aterrorizados.

—¡Va a cocernos! —gritó uno de ellos.

—¡Nos guisará vivos! —lloriqueó el segundo.

—¡Nos cocinará con zanahorias! —gritó el tercero.

Pero el cuarto, que era más listo que los otros, susurró:

—Escuchen, acabo de tener una idea. Estamos pegados sólo por el trasero de los pantalones. ¡Rápido! Desabróchense los pantalones, quítenselos y salten al suelo.

El señor Cretino acababa de subir a la escalera e iba a echar mano al chico más próximo cuando, de repente, todos se tiraron del árbol y echaron a correr a casa con sus traseros desnudos reluciendo al sol.

El gran Circo de Monos Cabeza Abajo

Ahora vamos con los monos.

Los cuatro monos de la jaula del jardín formaban una familia. Eran Chimpa, su esposa y sus dos hijitos.

Pero, ¿qué demonios hacían el señor y la señora Cretino con aquellos monos en el jardín?

Bien, en el pasado, los dos habían trabajado en un circo amaestrando monos. Solían enseñar a los monos a hacer volteretas y a vestir ropa de persona, a fumar en pipa y disparates por el estilo.

Ahora, aunque estaban retirados, al señor Cretino todavía le gustaba amaestrar monos. Soñaba que algún día sería el dueño del primer gran Circo de Monos Cabeza Abajo del mundo.

Esto significaba que los monos tenían que hacerlo todo estando cabeza abajo. Tenían que bailar cabeza abajo (apoyados en las manos y con los pies en el aire). Tenían que jugar al futbol cabeza abajo. Tenían que hacer equilibrios unos sobre otros cabeza abajo, con Chimpa abajo y el más pequeñín encima de la torre que formaban. Incluso tenían que comer y beber cabeza abajo, y esto no es nada fácil de hacer, ya que la comida y el agua tienen que subir por la garganta en lugar de bajar por ella.En efecto, esto era casi imposible, pero los monos simplemente tenían que hacerlo, ya que de otro modo no les daban nada de comer.

Todo esto suena a majadería para ti y para mí. También les sonaba a majadería a los monos. Odiaban completamente el tener que hacer estos disparates cabeza abajo día tras día. Terminaban mareados después de estar cabeza abajo varias horas. Algunas veces los dos pequeños monitos se desmayaban a causa de la sangre que se acumulaba en sus cabezas. Pero al señor Cretino no le importaba nada. Los mantenía practicando durante seis horas al día, y si no hacían lo que él les decía, la señora Cretino venía pronto corriendo con su terrible bastón.

El Pájaro Gordinflón viene al rescate

Chimpa y su familia ansiaban escapar de la jaula del jardín del señor Cretino y volver a la selva africana de donde habían venido.

Odiaban al señor y a la señora Cretino por hacer que sus vidas fueran tan desgraciadas.

También los odiaban por lo que les hacían a los pájaros cada martes y miércoles.

—¡Vuelen lejos, pájaros! —solían gritar, saltando en la jaula y agitando los brazos—. ¡No

se posen sobre el Gran Árbol Muerto! ¡Acaba de ser embadurnado completamente con cola pegajosa! ¡Vayan a cualquier otro sitio!

Pero estos pájaros eran ingleses y no podían comprender el fantástico lenguaje africano que los monos hablaban. Así que no se enteraban e iban a posarse en el Gran Árbol Muerto, donde eran capturados para el pastel de pájaro de la señora Cretino.

Entonces, un día, un pájaro verdaderamente magnífico descendió del cielo y aterrizó en la jaula de los monos.

—¡Cielos! —gritaron todos los monos a la vez—. ¡Es el Pájaro Gordinflón! ¿Qué diablos haces aquí en Inglaterra, Pájaro Gordinflón?

Al igual que los monos, el Pájaro Gordinflón venía de África y hablaba el mismo lenguaje que ellos.

—He venido de vacaciones —dijo el Pájaro Gordinflón—. Me encanta viajar —ahuecó su maravilloso plumaje coloreado y miró a los monos con aire de superioridad—. Para la mayoría de la gente —continuó—, ir de vacaciones volando es muy caro, pero yo puedo volar a cualquier parte del mundo gratis.

—¿Sabes cómo hablarles a estos pájaros ingleses? —le preguntó Chimpa.

—Claro que sí —dijo el Pájaro Gordinflón—. No es bueno ir a un país y no conocer su lengua.

—Entonces debemos darnos prisa —dijo Chimpa—. Hoy es martes y ya puedes ver allí al repugnante señor Cretino subido en la escalera pintando con cola pegajosa todas las ramas del Gran Árbol Muerto. Esta tarde, cuando los pájaros vengan a reposar, debes prevenirlos para que no se posen en el árbol o se convertirán en pastel de pájaro.

Esa tarde, el Pájaro Gordinflón voló alrededor del Gran Árbol Muerto cantando:

¡Hay cola pegajosa
embadurnando todas las ramas!
¡Si te posas en el árbol,
perderás la libertad que amas!
¡Vete lejos! ¡Escapa! ¡Vuela! ¡Vuela!
¡O mañana terminarás en la cazuela!

El señor Cretino se queda sin pastel de pájaro

A la mañana siguiente, cuando el señor Cretino salió con su enorme cesto para agarrar todos

los pájaros del Gran Árbol Muerto, no había ni uno. Todos estaban posados encima de la jaula de los monos. El Pájaro Gordinflón también estaba allí y Chimpa y su familia estaban dentro de la jaula y todos ellos estaban riéndose del señor Cretino.

Sigue sin haber pastel de pájaro para el señor Cretino

El señor Cretino no iba a esperar otra semana para conseguir su cena de pastel de pájaro. Le encantaba el pastel de pájaro. Era su plato favorito. Así que el mismo día fue por los pájaros de nuevo. Esta vez embadurnó todos los barrotes de arriba de la jaula con cola pegajosa, además de las ramas del Gran Árbol Muerto.

—¡Ahora los atraparé! —dijo—. ¡En cualquier sitio que se pongan!

Los monos se agacharon dentro de la jaula, observándolo todo, y más tarde, cuando el Pájaro Gordinflón volvió para charlar un rato, gritaron:

—¡No te poses en la jaula, Pájaro Gordinflón! ¡Está cubierta de cola pegajosa! ¡Igual que el árbol!

Y esa tarde, cuando el sol se ponía y todos los pájaros volvían otra vez para descansar, el Pájaro Gordinflón voló alrededor de la jaula de los monos y del Gran Árbol Muerto, cantando su aviso:

¡Ahora hay pegamento
en la jaula y en las ramas!
¡Si te posas en una o en otra,
perderás la libertad que amas!
¡Vete lejos! ¡Escapa! ¡Vuela! ¡Vuela!
¡O mañana terminarás en la cazuela!

El señor y la señora Cretino salen a comprar escopetas

A la mañana siguiente, cuando el señor Cretino salió con su enorme cesto, no había ningún pájaro sobre la jaula de los monos ni sobre el Gran Árbol Muerto. Todos estaban posados alegremente sobre el tejado de la casa del señor Cretino. El Pájaro Gordinflón estaba también allí, los monos estaban en su jaula y todos estaban tronchándose de risa del señor Cretino.

—¡Borraré esas estúpidas risas de sus picos! —gritó el señor Cretino a los pájaros—. ¡La próxima vez los atraparé, asquerosas brujas

emplumadas! ¡Les retorceré el cuello a todos ustedes, y los tendré cociendo en la olla para el pastel de pájaro antes de que acabe el día!

—¿Qué harás para conseguirlo? —preguntó la señora Cretino, que había salido para ver qué era todo aquel alboroto—. No te dejaré embadurnar todo el tejado de la casa con cola pegajosa.

El señor Cretino estaba muy excitado.

—¡Acabo de tener una gran idea! —gritó.

No se molestó en bajar la voz porque no pensaba que los monos podían comprenderlo.

—¡Iremos los dos a la ciudad ahora mismo y compraremos una escopeta para cada uno! —gritó—. ¿Qué te parece?

—¡Brillante! —vociferó la señora Cretino, sonriendo y mostrando sus largos dientes amarillos—. ¡Compraremos grandes escopetas, de esas que lanzan cincuenta balines o más en cada disparo!

—¡Exactamente! —dijo el señor Cretino—. Cierra la casa mientras voy a asegurarme de que los monos están bien encerrados.

El señor Cretino examinó la jaula de los monos.

—¡Atención! —aulló con su espantosa voz de domador de monos—. ¡Todos cabeza abajo y salten! ¡Uno encima de otro! ¡Háganlo o sentirán el bastón de la señora Cretino cruzando sus traseros!

Obedientemente, los pobres monos se pusieron sobre las manos cabeza abajo y treparon uno encima de otro con Chimpa debajo y el más pequeño en lo alto.

—¡Ahora quédense así hasta que vuelva! —ordenó el señor Cretino—. ¡No se atrevan a moverse! ¡Y no pierdan el equilibrio! ¡Cuando

vuelva dentro de dos o tres horas espero encontrarlos exactamente en la misma posición en que están ahora! ¿Entendido?

Con esto, el señor Cretino se marchó. La señora Cretino se fue con él. Y los monos se quedaron solos con los pájaros.

Chimpa tiene una idea

Tan pronto como el señor y la señora Cretino desaparecieron por el camino, los monos saltaron para ponerse de pie.

—¡Rápido, consigue la llave! —gritó Chimpa al Pájaro Gordinflón, que todavía estaba sentado en el tejado de la casa.

—¿Qué llave? —preguntó el Pájaro Gordinflón.

—La llave de la puerta de nuestra jaula —gritó Chimpa—. Está colgada en un clavo en el taller. Siempre la pone allí.

El Pájaro Gordinflón fue volando y volvió con la llave en su pico. Chimpa sacó la mano a través de los barrotes de la jaula y cogió la llave. La puso en la cerradura y la giró. La puerta se abrió. Los cuatro monos salieron juntos.

—¡Somos libres! —gritaron los dos pequeños—. ¿Donde iremos, papá? ¿Dónde nos esconderemos?

—No se pongan nerviosos —dijo Chimpa—. Calma todo el mundo. Antes de escapar de este horrible lugar tenemos una cosa importante que hacer.

—¿Qué? —preguntaron.

—¡Tenemos que poner a esos horribles Cretinos cabeza abajo!

—¿Que vamos a hacer qué? —gritaron—. ¡Debes de estar bromeando, papá!

—No estoy bromeando —dijo Chimpa—. ¡Vamos a poner al señor y a la señora Cretino cabeza abajo con las piernas en el aire!

—No seas ridículo —dijo el Pájaro Gordinflón—. ¿Cómo es posible que pongamos cabeza abajo a esos dos viejos monstruos agusanados?

—¡Podemos, sí que podemos! —gritó Chimpa—. ¡Vamos a hacer que estén sobre sus cabezas durante horas y horas! ¡Quizá para siempre! ¡Que se enteren de lo que se siente estando de esa manera!

—¿Cómo? —dijo el Pájaro Gordinflón—. Simplemente, dime cómo.

Chimpa ladeó la cabeza y una sonrisita chispeante curvó sus labios.

—En algunas ocasiones —dijo—, aunque no muy a menudo, tengo una idea brillante. Ésta es una de ellas. Síganme, amigos, síganme.

Se dirigió hacia la casa y los otros tres monos y el Pájaro Gordinflón los siguieron.

—¡Cubos y brochas! —gritó Chimpa—. ¡Eso es lo que necesitamos en seguida! ¡Hay muchos en el taller! ¡De prisa, todos! ¡Cojan un cubo y una brocha!

Dentro del taller del señor Cretino había un enorme barril de cola pegajosa Pegamín, la que usaba para capturar pájaros.

—¡Llenen los cubos! —ordenó Chimpa—. ¡Ahora iremos a la casa!

La señora Cretino había escondido la llave de la puerta principal debajo del felpudo y Chimpa la había visto hacerlo, así que fue fácil para ellos conseguir entrar.

Entraron los cuatro monos con sus cubos llenos de cola. Detrás de ellos venía volando el Pájaro Gordinflón con un cubo en el pico y una brocha en una pata.

Empieza la gran pintada de cola

—Éste es el cuarto de estar —indicó Chimpa—. El grande y magnífico cuarto de estar donde esos dos monstruos vejestorios y cobardes comen el pastel de pájaro cada semana.

—Por favor, no vuelvas a nombrar el pastel de pájaro —dijo el Pájaro Gordinflón—. Me da escalofríos.

—¡No debemos perder tiempo! —gritó Chimpa—. ¡De prisa, de prisa! ¡Ahora lo primero es esto! ¡Quiero que pintemos todo el techo con la cola pegajosa! ¡Cúbranlo todo! ¡Embadurnen hasta las esquinas!

—¡El techo! —gritaron—. ¿Por qué el techo?

—¡No importa el porqué! —gritó Chimpa—. ¡Hagan simplemente lo que les digo y no discutan!

—¿Pero cómo vamos a llegar allí arriba? —preguntaron—. No podemos alcanzarlo.

¡Los monos pueden alcanzar todos los sitios! —gritó Chimpa. Estaba frenético de excitación, agitando la brocha y el cubo y brincando por toda la habitación—. ¡Vamos, vamos! ¡Salten a la mesa! ¡Suban a las sillas! ¡Suban unos a los hombros de los otros! ¡El Pájaro Gordinflón puede hacerlo volando! ¡No se queden ahí con la boca abierta! Tenemos que darnos prisa, ¿no lo entienden? ¡Esos horribles Cretinos volverán en cualquier momento y esta vez traerán escopetas! ¡Vamos!

Y empezó la gran pintada del techo con pegamento. Todos los pájaros que habían estado

sentados en el tejado volaron en su ayuda, llevando brochas en sus patas y picos. Había jilgueros, urracas, grajos, cuervos y muchos otros. Todos embadurnaban como locos y, con tantos ayudantes, el trabajo estuvo pronto terminado.

La alfombra en el techo

—¿Y ahora, qué? —preguntaron, mirando a Chimpa.

—¡Ajá! —gritó Chimpa—. ¡Ahora a divertirse! ¡Ahora el truco más grande de todos los tiempos! ¿Están preparados?

—Estamos preparados —dijeron los monos.

—Estamos preparados —dijeron los pájaros.

—¡Tiren de la alfombra! —gritó Chimpa—. ¡Saquen esa enorme alfombra de debajo de los muebles y péguenla en el techo!

—¡En el techo! —gritó uno de los monitos—. ¡Pero eso es imposible, papá!

—¡Te pegaré en el techo a ti si no te callas! —gritó Chimpa.

—¡Estás loco! —gritaron.

—¡Está chalado!

—¡Está chiflado!

—¡Está sonado!

—¡Está majareta!

—¡Está grillado! —gritó el Pájaro Gordinflón—. ¡El pobre viejo Chimpa ha perdido la cabeza por fin!

—¡Oh, paren de gritar estupideces y échenme una mano! —dijo Chimpa, cogiendo una de las esquinas de la alfombra—. ¡Tiren, idiotas, tiren!

La alfombra era enorme. Cubría todo el suelo, de pared a pared. Tenía un dibujo en rojo y oro. No es fácil levantar del suelo una enorme

alfombra cuando la habitación está llena de mesas y sillas.

—¡Tiren! —gritaba Chimpa—. ¡Tiren, tiren, tiren!

Era como un demonio saltando por toda la habitación y diciéndole a cada uno lo que tenía que hacer. Pero no puedes reprochárselo. Después de meses y meses de estar cabeza abajo con su familia, no podía esperar por más tiempo el momento en que los horribles Cretinos estuvieran haciendo lo mismo. Al menos esto era lo que esperaba conseguir.

Con todos los monos y todos los pájaros tirando y resoplando, la alfombra fue levantada del suelo y, finalmente, colocada en el techo. Y allí se quedó pegada.

De repente, todo el techo del cuarto de estar estuvo alfombrado de rojo y oro.

Los muebles suben al techo

—¡Ahora la mesa, la gran mesa! —gritó Chimpa—. ¡Volteen la mesa al revés y pongan cola pegajosa en la base de cada pata! Entonces la pegaremos en el techo también.

Colocar la enorme mesa boca abajo sobre el techo no era un trabajo fácil, pero se las arreglaron para hacerlo al fin.

—¿Se quedará pegada? —gritaron—. ¿Será la cola lo suficientemente fuerte para mantenerla arriba?

—¡Es la cola más fuerte del mundo! —replicó Chimpa—. ¡Es la cola especial atrapa-pájaros, para embadurnar árboles!

—Por favor —dijo el Pájaro Gordinflón—, te he pedido antes que no hablaras de ese asunto. Dime: ¿Qué te parecería si fuera pastel de mono lo que ellos hicieran cada miércoles y todos tus amigos hubieran sido cocidos y yo te hablara sobre ello?

—Te pido perdón —dijo Chimpa—. Estoy tan excitado que apenas sé lo que digo. ¡Ahora, las sillas! ¡Hagan lo mismo con las sillas! ¡Todas las sillas deben ser pegadas boca abajo en el techo! ¡Y en sus sitios correctos! ¡Oh, rápido, todo el mundo! ¡En cualquier momento, esos dos asquerosos monstruos pueden entrar de repente con sus escopetas!

Los monos, con los pájaros ayudándoles, pusieron pegamento en la base de cada pata de las sillas y las colocaron en el techo.

—¡Ahora, las mesas pequeñas! —gritó Chimpa—. ¡Y el gran sofá! ¡Y el aparador! ¡Y las lámparas! ¡Y todas las cosas pequeñas! ¡Los ceniceros! ¡Los adornos! ¡Y ese horrible enano de plástico en el aparador! ¡Todo, absolutamente todo, debe de estar pegado al techo!

Era un trabajo terriblemente duro. Era especialmente difícil pegar cada cosa en el techo exactamente en el mismo sitio. Pero consiguieron hacerlo por fin.

—¿Y ahora, qué? —preguntó el Pájaro Gordinflón. Estaba sin respiración y tan cansado que apenas podía batir las alas.

—¡Ahora, los cuadros! —gritó Chimpa—. ¡Pongan los cuadros cabeza abajo! Y, por favor, envía a uno de tus pájaros a vigilar el camino para saber cuándo vuelven esos dos monstruos vejestorios.

—Yo iré —dijo el Pájaro Gordinflón—. Me posaré en los cables del teléfono y haré guardia. Eso me dará un respiro.

Los cuervos también colaboran

Acababan de terminar el trabajo cuando el Pájaro Gordinflón llegó volando de repente, gritando:

—¡Vuelven! ¡Vuelven!

Rápidamente, los pájaros volvieron volando al tejado de la casa. Los monos se precipitaron dentro de la jaula y se pusieron cabeza abajo uno encima del otro. Un momento después, el señor y la señora Cretino entraron en el jardín, llevando cada uno una terrorífica escopeta.

—Me alegro de ver que los monos están todavía cabeza abajo —dijo el señor Cretino.

—Son demasiado estúpidos para hacer otra cosa —dijo la señora Cretino—. ¡Hey, mira todos esos desvergonzados pájaros todavía subidos en el tejado! Vamos dentro a cargar nuestras nuevas y maravillosas escopetas; entonces haremos *bang, bang, bang* y tendremos pastel de pájaro para cenar.

Justamente cuando el señor y la señora Cretino iban a entrar en la casa, dos cuervos negros se abalanzaron sobre sus cabezas. Cada pájaro llevaba una brocha en su pata y cada brocha estaba embadurnada de cola pegajosa. Cuando los cuervos pasaron zumbando sobre ellos, pintaron una raya de cola pegajosa en lo alto de las cabezas del señor y la señora Cretino. Lo hicieron con un toque muy suave, pero incluso así los Cretinos lo notaron.

—¿Qué es esto? —gritó la señora Cretino—. ¡Algún horrible pájaro ha dejado caer su porquería en mi cabeza!

—¡También en la mía! —exclamó el señor Cretino—. ¡Lo noté! ¡Lo noté!

—¡No lo toques! —gritó la señora Cretino—. ¡Te pringarás toda la mano! ¡Entraremos y nos lavaremos en el fregadero!

—Sucias y asquerosas bestias —vociferó el señor Cretino—. ¡Apostaría a que lo hicieron adrede! ¡Esperen a que haya cargado mi escopeta!

La señora Cretino cogió la llave de debajo del felpudo (donde Chimpa la había vuelto a poner cuidadosamente) y entraron en la casa.

Los Cretinos se ponen cabeza abajo

—¿Qué es esto? —balbució el señor Cretino al entrar en el cuarto de estar.

—¿Qué ha pasado? —berreó la señora Cretino.

Estaban parados en medio de la habitación mirando hacia arriba. Todos los muebles, la gran mesa, las sillas, el sofá, las lámparas, las mesitas, la vitrina con botellas de cerveza, los adornos, la estufa, la alfombra, todo estaba pegado boca abajo en el techo. Los cuadros también estaban del revés en las paredes. Y el suelo

donde pisaban estaba absolutamente vacío. Es más, había sido pintado de blanco, de forma que parecía el techo.

—¡Mira! —exclamó la señora Cretino—. ¡Eso es el suelo! ¡El suelo está allí arriba! ¡Esto es el techo! ¡Estamos de pie en el techo!

—¡Estamos CABEZA ABAJO! —gimoteó el señor Cretino—. ¡Debemos de estar cabeza abajo. Estamos de pie en el techo mirando hacia abajo el suelo!

—¡Oh, socorro! —gritó la señora Cretino—. ¡Socorro, socorro! ¡Estoy empezando a sentir vértigo!

—¡Yo también! ¡Yo también! —exclamó el señor Cretino—. ¡No me gusta esto ni un pelo!

—¡Estamos cabeza abajo y toda la sangre se me está yendo a la cabeza! —vociferó la señora Cretino—. ¡Si no hacemos algo rápidamente, moriré, sé que moriré!

—¡Ya lo tengo! —gritó el señor Cretino—. ¡Ya sé lo que haremos! ¡Nos colocaremos sobre nuestras cabezas, entonces estaremos en la postura correcta!

Se colocaron sobre sus cabezas y, por supuesto, tan pronto como la parte de arriba de sus cabezas tocó el suelo, la cola pegajosa que los cuervos habían puesto momentos antes hizo su efecto. Estaban pegados. Estaban engomados, encolados, atrapados, fijados al piso.

A través de una rendija en la puerta los monos observaban. Habían saltado fuera de la jaula en el momento en que los Cretinos habían entrado a la casa. Y el Pájaro Gordinflón observaba. Y todos los pájaros volaban alrededor para echar un vistazo a aquel extraordinario espectáculo.

Los monos se escapan

Aquella misma tarde, Chimpa y su familia se fueron al gran bosque que había en la cima de la colina, y en el más alto de los árboles cons-

truyeron un maravilloso refugio. Todos los pájaros, especialmente los grandes, los grajos, los cuervos y las urracas, hicieron sus nidos alrededor del refugio para que nadie pudiese verlo desde tierra.

—No pueden quedarse aquí para siempre, ¿saben? —dijo el Pájaro Gordinflón.

—¿Por qué no? —preguntó Chimpa—. Es un bonito lugar.

—Simplemente espera a que llegue el invierno —dijo el Pájaro Gordinflón—. A los monos no les gusta el frío, ¿no?

—¡Claro que no! —exclamó Chimpa—. ¿Son muy fríos los inviernos por aquí?

—Todo se vuelve hielo y nieve —dijo el Pájaro Gordinflón—. Algunas veces hace tanto frío que un pájaro se despierta por la mañana con las patas tan congeladas que se han quedado pegadas a la rama en la que estaba posado.

—Entonces, ¿qué haremos? —gritó Chimpa—. ¡Mi familia se quedará congelada!

—No, eso no sucederá —dijo el Pájaro Gordinflón—, porque cuando las primeras hojas empiecen a caer de los árboles en otoño, podrán volver a África conmigo.

—No seas ridículo —dijo Chimpa—. Los monos no pueden volar.

—Puedes sentarte encima de mí —dijo el Pájaro Gordinflón—. ¡Los llevaré uno a uno. Pueden viajar en el Super Jet Gordinflón y no les costará ni un centavo!

Los Cretinos padecen el encogimiento

Y allí abajo, en la horrible casa, el señor y la señora Cretino están todavía pegados cabeza abajo al suelo del cuarto de estar.

—¡Todo por tu culpa! —aullaba el señor Cretino, batiendo las piernas en el aire—. Fuiste tú, vieja vaca horrible, quien brincaba y gritaba: "¡Estamos cabeza abajo! ¡Estamos cabeza abajo!"

—¡Y fuiste tú el que dijo que colocándonos sobre nuestras cabezas estaríamos en la posición correcta, viejo cerdo barbudo! —vociferó la señora Cretino—. ¡Ahora nunca volveremos a ser libres! ¡Estamos pegados aquí para siempre!

—¡Tú puedes estar pegada aquí para siempre! —dijo el señor Cretino—. ¡Pero yo, no! ¡Voy a liberarme!

El señor Cretino se revolvía y se retorcía, culebreaba y se contorneaba, jadeaba y se desesperaba, se movía y se meneaba, pero la cola pegajosa lo mantenía pegado al suelo tan firmemente como había mantenido a los pobres pájaros pegados al Gran Árbol Muerto. Estaba tan del revés como antes, apoyado en su cabeza.

Pero las cabezas no están hechas para estar sobre ellas. Si estás de cabeza durante un largo periodo de tiempo, pasa algo horrible, y esto fue lo que le dio al señor Cretino el mayor susto de todos. Con tanto peso descansando sobre su cabeza, ésta empezó a despachurrarse dentro del cuello.

—¡Estoy encogiéndome! —gimió el señor Cretino.

—¡Yo también! —gritó la señora Cretino.

—¡Ayúdame! ¡Sálvame! ¡Llama al médico! —aullaba el señor Cretino—. ¡He pillado EL ESPANTOSO ENCOGIMIENTO!

Y así era. ¡También la señora Cretino había pillado el espantoso encogimiento! ¡Y esta vez no era una broma! ¡Era verdad!

Sus cabezas se ENCOGIERON dentro de sus cuellos...

Sus cuellos empezaron a ENCOGERSE dentro de sus cuerpos...

Sus cuerpos empezaron a ENCOGERSE dentro de sus piernas...

Y sus piernas empezaron a ENCOGERSE dentro de sus pies...

Y una semana más tarde, en una bonita tarde de verano, un hombre llamado Fernando llegó a leer el medidor del gas. Como nadie contestó al timbre, Fernando miró dentro de la casa y allí vio, en el suelo del cuarto de estar, dos montones de ropas viejas, dos pares de zapatos y un bastón.

No había quedado nada más en el mundo del señor y la señora Cretino.

Y todo el mundo, incluido Fernando, exclamó:

—¡Hurra!

Índice

ROALD DAHL

Nació en 1916 en un pueblecito de Gales (Gran Bretaña), llamado Llandaff, en el seno de una familia acomodada de origen noruego. A los cuatro años pierde a su padre y a los siete entra por primera vez en contacto con el rígido sistema educativo británico que deja reflejado en algunos de sus libros, por ejemplo, en *Matilda* y en *Boy*.

Terminado el Bachillerato y en contra de las recomendaciones de su madre para que cursara estudios universitarios, empieza a trabajar en la compañía multinacional petrolífera Shell, en África. En este continente le sorprende la Segunda Guerra Mundial. Después de un entrenamiento de ocho meses, se convierte en piloto de aviación en la Royal Air Force; fue derribado en combate y tuvo que pasar seis meses hospitalizado. Después fue destinado a Londres y en Washington empezó a escribir sus aventuras de guerra.

Su entrada en el mundo de la literatura infantil estuvo motivada por los cuentos que narraba a sus cuatro hijos. En 1964 publica su primera obra, *Charlie y la fábrica de chocolate*. Escribió también guiones para películas; concibió a famosos personajes como los Gremlins, y algunas de sus obras han sido llevadas al cine.

Roald Dahl murió en Oxford, a los 74 años de edad.